C^{TE} DE CHAUDORDY

LA FRANCE

ET LA

QUESTION D'ORIENT

LABOR · IMPROBVS · ...NIA VINCIT

PARIS

LIBRAIRIE PLON

..., NOURRIT et Cie, IMPRIMEURS-ÉDITEURS

RUE GARANCIÈRE, 10

1897

Tous droits réservés

Cte DE CHAUDORDY

LA FRANCE

ET LA

QUESTION D'ORIENT

PARIS

LIBRAIRIE PLON

NOURRIT ET Cie, IMPRIMEURS-ÉDITEURS

RUE GARANCIÈRE, 10

1897

LA FRANCE

QUESTION D'ORIENT

DU MÊME AUTEUR :

PARIS. TYP. DE E. PLON, NOURRIT ET Cⁱᵉ, 8, RUE GARANCIÈRE. — 2524.

Cᵀᴱ DE CHAUDORDY

LA FRANCE

ET LA

QUESTION D'ORIENT

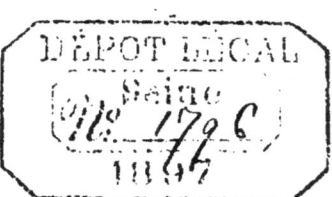

PARIS.

LIBRAIRIE PLON

E. PLON, NOURRIT ET Cⁱᵉ, IMPRIMEURS-ÉDITEURS

RUE GARANCIÈRE, 10

1897

Tous droits réservés

LA FRANCE

ET LA

QUESTION D'ORIENT

Les six grandes puissances ont pris dans les événements qui viennent de se produire en Orient des situations qui sont, pour nous, la cause de bien grandes surprises.

Le marquis de Salisbury, par une dépêche datée du 20 octobre 1896, proposait la coercition contre le Sultan, comme étant le seul moyen d'assurer l'exécution des réformes reconnues nécessaires dans l'empire ottoman. Cette proposition était

1

conforme au passé du chef du Foreign-Office et au langage très net et très sévère qu'il a toujours tenu sur Abd-ul-Hamid.

Aujourd'hui, le marquis de Salisbury appuie le Sultan et menace la Grèce parce qu'elle essaye d'arracher l'île de Crète au joug qui pèse sur elle.

En 1866, le prince Gortchakow, chancelier de l'empire russe, adressait à l'ambassadeur de cette puissance à Paris une dépêche où se trouvent les lignes suivantes : « Si les puissances veulent sortir de la voie des expédients et des palliatifs, nous ne voyons qu'une issue possible, c'est l'annexion de l'île de Crète à la Grèce. » Au mois de mars 1867, le même chancelier, répondant à une demande du gouvernement français qui revendiquait pour la Crète le droit de décider de ses propres destinées, approuvait cette manière de voir en disant : « A mon avis, l'issue ne serait pas douteuse, et l'annexion à la Grèce, que nous continuons à envisager comme la seule solution pratique, serait assurée. »

En 1877, le gouvernement russe, se fondant sur son devoir traditionnel de protéger les chrétiens, engageait la guerre contre la Turquie, malgré les efforts des membres de la conférence siégeant à Constantinople.

Aujourd'hui, la Russie prend sous sa protection

le Sultan, laisse massacrer les chrétiens sans intervenir et s'oppose à l'union de la Crète à la Grèce.

Toutefois il n'est pas difficile de découvrir la raison de ces changements de politique de la part des ministres russes et anglais et de voir à quels intérêts ils font ces concessions peu honorables, mais pratiques.

Les premiers veulent laisser l'empire ottoman se décomposer par l'effet de sa mauvaise administration pour pouvoir, à un moment favorable, en faire une sorte d'État vassal, et leur protection des chrétiens semble ne devoir s'appliquer qu'aux Slaves et non aux Grecs et aux Arméniens.

Les seconds détiennent un gage essentiel pour eux, l'Égypte, et ils pensent s'en assurer ainsi la possession définitive. Le gouvernement anglais doit souhaiter que les provinces de l'empire ottoman ne soient pas rattachées à d'autres États et soient constituées en autonomies. Il lui sera plus facile de les prendre sous son protectorat, surtout lorsqu'elles seront isolées comme la Crète, par exemple.

Pour cette même raison, nous aurions préféré voir cette île devenir partie intégrante de la Grèce. Les auteurs du système actuel regretteront, probablement avant peu, d'avoir fait une œuvre aussi incomplète.

L'Italie, en tout ceci, agit contrairement au principe du vœu des populations, qui a été la raison de son unification, mais elle est liée par la Triple alliance, et elle peut espérer obtenir d'elle certains avantages, en récompense de sa conduite actuelle.

Quant à l'Autriche-Hongrie, qui doit craindre toutes les questions touchant aux nationalités, elle gardera, sans conteste, la Bosnie et l'Herzégovine et fera peut-être un pas de plus jusqu'à Salonique.

Le comte Goluchowski avait proposé une action combinée vis-à-vis du Sultan; il s'est arrêté devant l'opposition du prince Lobanoff.

L'empereur allemand, seul, est dans son rôle en s'efforçant de maintenir sous l'oppression des populations malheureuses et en leur refusant le droit de se rattacher à des nationalités de leur race.

Si l'on trouve des explications à la conduite de ces différents États, celle du gouvernement français est absolument inexplicable. La France a pris pour base de sa politique extérieure le principe des nationalités et le droit des populations d'être consultées sur leur sort. Elle a, en outre, toujours protégé les chrétiens d'Orient, ainsi que les peuples faibles et opprimés.

La Restauration n'a pas failli à ce devoir. Elle

avait su unir la France, l'Angleterre et la Russie
dans une action commune contre les Turcs. Il en
est sorti la délivrance de la Grèce.

Malheureusement, en 1854, Napoléon III aban-
donna cette sage politique et se laissa entraîner
par l'Angleterre contre la Russie. Il faut reconnaître, à son excuse, que l'empereur Nicolas avait
soulevé très violemment la question des Lieux
Saints et que sa menace portait sur Constantinople
même. On sait, du reste, que l'empereur de Russie
avait eu le tort de se servir d'une formule bles-
sante en répondant à la communication que lui
avait faite Napoléon III de son avènement au trône.
La guerre de Crimée fut la conséquence fâcheuse
de ces événements.

Mieux eût valu ne pas se prêter au désir de
l'Angleterre, qui, si elle se fût trouvée seule, n'eût
pas engagé la guerre. On l'a bien vu en 1877. Les
circonstances étaient à peu près identiques. Mais
la France ayant déclaré qu'elle ne ferait pas la
guerre pour soutenir la Turquie, le gouvernement
anglais s'abstint également et n'intervint que pour
protéger Constantinople et au moment où la signa-
ture du traité de San-Stefano terminait les hostilités.

A la fin de l'année 1881 et au commencement de

1882, lorsque le gouvernement anglais proposa au gouvernement français d'agir en commun pour rétablir l'ordre en Égypte, Gambetta, qui était au pouvoir, s'était décidé à accepter cette proposition. A la suite de conversations que j'eus avec lui, il désira s'entendre à ce sujet avec la Russie, et il me proposa d'y aller prendre la direction de notre ambassade. Tout d'abord je refusai. Mais Gambetta étant entré complètement dans mes vues, je n'hésitai plus à me rendre à Saint-Pétersbourg pour y travailler à faire aboutir des projets que je poursuivais depuis longtemps. Je désirais voir la France revenir à la politique de la Restauration, qui était à la fois humanitaire, civilisatrice et très patriotique. J'avais déjà cherché à la faire prévaloir à la conférence de Constantinople, en 1877.

On sait que le ministère Gambetta, sur un vote de la Chambre des députés, fut obligé de se retirer après une durée très courte, et je donnai ma démission d'ambassadeur. Les Anglais occupèrent seuls l'Égypte.

En 1886, M. de Freycinet annonça aux puissances qui menaçaient la Grèce du blocus de ses ports que la France ne s'associerait pas à ces mesures, contraires à sa politique traditionnelle.

Cette réserve fut acceptée par elles sans aucun froissement de leur part. Le blocus eut lieu, et le gouvernement français n'y participa pas; il n'en resta pas moins dans le concert européen.

L'ambassadeur de France à Berlin, M. de Courcel, s'exprimait en ces termes, dans une conversation qu'il avait avec le comte Herbert de Bismarck, au sujet de l'attitude que la France comptait prendre : « Il nous serait difficile, disait-il, d'aller jusqu'à l'emploi de la force matérielle et de concourir à des mesures de coercition qui pourraient prendre le caractère de faits de guerre. Ni l'opinion, ni le Parlement ne sanctionneraient de pareilles extrémités, quelque intérêt que nous portions, d'ailleurs, au maintien de l'ordre légal en Orient et surtout à la conservation de la paix européenne. »

Ces explications, que nous avons cherché à rendre aussi courtes que possible, étaient nécessaires pour pouvoir mieux juger la situation actuelle.

*
* *

La première erreur du ministère de M. Méline a été non seulement de ne pas faire connaître aux Chambres les massacres d'Arménie, mais d'avoir empêché les journaux de mettre le public au courant de ces horreurs. L'opinion aurait dû être prévenue, de façon que chacun eût été à même d'apprécier la gravité de ces événements. Le *Livre jaune,* sur ces questions, n'a été publié que plus de deux ans après le commencement des massacres, qui se sont continués sans interruption depuis la fin de 1894, en 1895 et en 1896. Ce n'est qu'en 1897 qu'on a consenti à les avouer.

Pendant ce temps, notre ambassadeur à Constantinople, on l'a vu depuis, revenait sans cesse, dans ses dépêches, sur ces faits abominables. On peut constater par cette correspondance, en lisant entre les lignes et surtout vers la fin de 1896, qu'il n'y a pas eu accord complet entre M. Cambon et le ministre. Les indications de l'ambassadeur étaient cependant claires, précises et remarquablement exposées. Il ne paraît pas avoir confiance dans la parole du Sultan, et ses idées se rapprochent de celles contenues dans la dépêche du marquis de Salisbury du 20 octobre 1896. L'ambassadeur de France et le ministre anglais sont en réalité pour la coercition vis-à-vis du Sultan, tandis que le ministre français est d'un avis contraire. C'était cependant la seule solution pratique.

Demander au Sultan de faire des réformes et

même les lui indiquer, c'est perdre son temps ; il
ne les fera pas. Nous avons, il y a vingt ans, préparé la même œuvre à la conférence de Constantinople. Cela n'a servi à rien. Aussi ceux qui ont
fait partie de cette réunion doivent n'avoir aucune
illusion. Il est reconnu que jamais un mahométan,
et surtout le chef de la religion, ne consentira à
exécuter des réformes qui lui auront été présentées
par des chrétiens. C'est ainsi que s'expriment les
ouvrages qui traitent de l'islamisme et qui sont
écrits par ses membres, même les plus modérés.

Le ministre des affaires étrangères de France
est d'une opinion différente. En cela a consisté la
seconde erreur de notre gouvernement. M. Hanotaux prenait pour confident l'ambassadeur ottoman
à Paris, qui est un des favoris du Sultan et qui
rapportait à son maître ces conversations intimes,
en y ajoutant des observations qui faisaient comprendre au Sultan qu'il n'avait rien à craindre de
la part de notre ministre. Celui-ci s'opposait à la
coercition, parlait du respect dû à l'autorité per-
sonnelle du Sultan, déclarait qu'il était nécessaire
de conserver l'intégrité de l'empire ottoman et
proclamait le refus de tout *condominium* et de
l'action isolée des puissances.

Dans ces conditions, le Sultan avait toute sécu-

1.

rité. Il était, pour ainsi dire, engagé à ne pas céder, car il n'avait rien à redouter, et il pouvait continuer les massacres : c'est ce qu'il a fait en Arménie ; ou les provoquer à nouveau, quand il se voyait menacé de l'application de mesures qui lui déplaisaient : c'est ce qu'il a fait en Crète. La coercition aurait pu seule éviter tous ces malheurs. Mais on n'en voulait absolument pas au quai d'Orsay. Au lieu de s'opposer à ce système, on aurait dû le soutenir auprès du gouvernement russe.

Précédemment, le prince Lobanoff avait avoué n'avoir pas eu besoin de faire valoir ses idées personnelles près du gouvernement français. Il y avait trouvé le terrain plus que préparé. La communauté de pensées était identique, a-t-il dit. En effet, on est allé au-devant de tous ses désirs. Nous sommes porté à croire qu'il lui a été moins facile de faire admettre ses opinions à Saint-Pétersbourg qu'à Paris. L'Impératrice mère n'a pas pu être aisément convaincue. Dépositaire des sentiments d'Alexandre III, elle a dû penser que ce souverain très loyal, très honnête, très religieux, n'aurait pas accepté, au moment des massacres, cette politique si nouvelle pour un vrai Russe. Beaucoup de Russes sont du même avis.

Nous croyons donc que, si nos gouvernants

avaient voulu agir à Saint-Pétersbourg pour obtenir
que la politique à suivre vis-à-vis de la Turquie
restât dans les voies traditionnelles observées
jusque-là par la Russie et qui étaient aussi les
nôtres, ils auraient eu toutes les chances de réussir,
tandis qu'ils se sont livrés sans défense aux idées
du prince Lobanoff, d'autant plus fâcheuses pour
nous qu'elles ont eu pour but, en outre de ce que
nous venons d'exposer, l'entente avec l'Allemagne,
base essentielle du système d'alliance de ce
ministre. Nous avons poussé encore plus loin
l'aveuglement, en soutenant à Berlin ces opinions
contraires à nos intérêts, à notre passé et à notre
honneur.

Nous aurions dû exposer au gouvernement
russe que nos obligations étaient identiques et lui
montrer que nous devions agir en commun pour
arrêter les massacres et obtenir du Sultan des
réformes, même en employant les moyens les plus
énergiques. Si la Russie avait maintenu un autre
avis que le nôtre, nous lui aurions déclaré que, ne
veulant pas contrarier ses tendances personnelles,
nous préférions, en présence de ces différences
d'appréciation, rester dans l'abstention. C'était
encore une concession à lui faire, et à la suite de
notre intervention, si favorable pour elle, dans

les récents événements de l'Extrême-Orient, on aurait reconnu inévitablement à Saint-Pétersbourg combien notre conduite était de nouveau loyale et dévouée.

Mais les pensées des chefs de notre gouvernement étaient, à ce moment, très loin de ces questions. Elles se portaient surtout sur le voyage et le séjour à Paris de l'empereur et de l'impératrice de Russie. C'était la grande idée politique du ministère. Les souverains ont dîné chez le président de la République à l'Élysée. La satisfaction a été complète. Aujourd'hui elle n'est plus aussi générale. On trouve qu'il y a un grand vide dans ces relations si intimes, et, cependant, nous n'avons pas le droit de faire l'ombre d'un reproche au gouvernement russe. Il ne nous a rien refusé. En dehors de la visite des souverains, nous n'avons absolument rien demandé, quoique ayant nous-mêmes tout offert. C'est ce que m'a expliqué, en détail, un grand personnage russe qui est plus à même que personne d'être au courant de ces questions. Le cabinet de Saint-Pétersbourg a accepté nos offres, et c'est en cela qu'a consisté toute notre diplomatie vis-à-vis de la Russie.

Nous nous sommes précipités au-devant des désirs des ministres de cette puissance. En agissant ainsi, notre gouvernement a commis la plus grande des erreurs ; il s'est privé gratuitement des avantages qu'il aurait pu réclamer. Il ne fallait pas prévenir les demandes du gouvernement russe. Il fallait savoir les attendre pour obtenir des concessions en échange. Le procédé qu'on a suivi nous condamne à ne rien recevoir après avoir tout donné.

Lorsque la France entière acclamait, avec un enthousiasme qui était exagéré et qui manquait de prudence, l'idée d'une entente avec la Russie, elle avait une vision très nette et bien plus étendue que les satisfactions de vanité de nos gouvernants. Elle voyait, il faut bien le dire, dans un avenir lointain peut-être, mais réel, l'Alsace-Lorraine. Les ministres ont commis la faute capitale et irréparable de ne pas tenir compte de cette impression et de tout faire pour la laisser tomber dans l'oubli. Ils ont accepté un rapprochement avec l'Allemagne, et ils l'ont introduite dans nos affaires. Dans la pensée du gouvernement russe, cela a été un abandon de nos douloureux souvenirs et de nos chères espérances. Il peut désormais nous dire : « En vous mettant en bons rapports avec les Allemands, ce que vous avez accepté, j'ai été convaincu que le passé était oublié. Vous ne m'en avez jamais parlé ; il est maintenant trop tard pour y revenir. »

Voilà l'œuvre de nos ministres. Ils n'ont pas compris que l'entente entre deux puissances ne consiste pas à faire les volontés d'une seule et toujours de la même. On se rend des services mutuels, mais souvent il arrive que l'une a des intérêts particuliers, tandis que l'autre a des devoirs contraires, et que celle-ci, par un accord commun, reste dans l'abstention, surtout lorsque la puissance intéressée ne court aucun danger. Si le danger survient, on est toujours à temps d'agir en sa faveur.

* *
*

Il nous semble que, dans la question actuelle de Grèce, notre gouvernement aurait pu, comme en 1886, s'abstenir sans craindre le moins du monde l'isolement de la France. A cette époque, nous l'avons vu plus haut, elle resta dans le concert européen, comme l'ont démontré M. de Freycinet, qui était ministre des affaires étrangères, et M. le comte de Mouy, ministre de France en Grèce, à cette date. Du reste, avant l'entente avec la Russie, il n'est pas exact de dire que la France était isolée.

Il y a des gens qui paraissent croire qu'elle ne comptait plus dans le monde, lorsque l'empereur de Russie daigna lui tendre la main pour la relever. J'étais ambassadeur extraordinaire à la conférence de Constantinople en 1877, et, loin d'être isolée, la France était, selon moi, trop recherchée. J'aurais préféré pouvoir rester dans une réelle abstention, et cela devint impossible. Le représentant d'une des plus grandes puissances, qui n'est pas la Russie, en vint à me dire qu'il fallait laisser traîner encore quelque temps la question d'Orient pour attendre le moment où la France, ayant repris toutes ses forces, pourrait tirer profit du partage de l'empire ottoman, qui était sous peu inévitable.

Au congrès de Berlin, le rôle de nos représentants fut considérable, et ils en rapportèrent le droit de prendre possession de la Tunisie.

Avant de faire son expédition d'Égypte, en 1882, l'Angleterre a insisté pour que le gouvernement français prît part avec elle à l'occupation de ce pays. Et quand ces faits se sont produits, non seulement la démonstration de Cronstadt n'avait pas eu lieu, mais M. de Bismarck était encore au pouvoir, jouissant d'une autorité immense, et il nous était hostile.

Prenez garde! ajoute-t-on; la Russie s'unira à

l'Allemagne, si vous vous éloignez d'elle. Nous n'y pensons nullement. L'entente franco-russe a été, de notre côté, l'œuvre de la nation bien plus que celle du gouvernement, dont l'impéritie pourrait seule la compromettre. La nation ne marchandera jamais à son alliée les avantages qu'elle peut retirer de son concours.

L'empereur Alexandre III, dont nous devons sans cesse déplorer la perte, s'est rapproché de la France parce qu'il s'est rendu compte de tous les déboires qu'Alexandre II et lui-même avaient eu à supporter en voulant marcher d'accord avec l'Allemagne, celle-ci s'appropriant tous les bénéfices de cette entente.

Au congrès de Berlin, l'action du prince de Bismarck, jointe à celle des plénipotentiaires anglais, fit arracher aux Russes la plus grande partie des avantages qu'ils avaient conquis sur la Turquie, après une campagne très dure. Dans ses opérations financières, la Russie rencontrait, sur le marché de Berlin, toutes sortes de difficultés provoquées par le chancelier de fer. C'est enfin le prince de Bismarck qui, par sa duplicité dans les affaires de Bulgarie, a fait déborder la coupe.

Alexandre III s'est alors tourné vers la seule puissance qui pût prêter à sa politique un concours utile et loyal. Peut-être même, au fond de son âme profondément éprise de justice, a-t-il senti le besoin de réparer le mal si grand que la Russie avait fait à la France en 1870, en empêchant certaines puissances d'intervenir en notre faveur.

Nicolas II doit voir, en considérant le passé, que jamais l'Allemagne n'aurait laissé prendre à la Russie les immenses avantages qu'elle a obtenus de son entente avec la France, et qu'un nouveau rapprochement intime avec l'empire allemand ne serait pas plus satisfaisant que précédemment. Son intérêt est donc de ne pas se séparer de la France.

*
* *

On effraye le public par la crainte d'une guerre générale qui éclatera si la politique étrangère du ministère français n'est pas suivie, c'est-à-dire si on laisse la Crète s'unir à la Grèce. Nous ne croyons pas à ce danger. En 1877, la guerre russo-turque, qui fut longue et donna lieu à des combats très disputés et à des sièges sanglants, n'eut pas de répercussion sur les autres puissances européennes. L'occupation de l'Égypte par l'Angleterre et la prise de possession, par l'Autriche-Hongrie, de la Bosnie et de l'Herzégovine étaient des faits très graves. Ils n'ont pas entraîné la guerre. Mais, pour mieux rassurer l'opinion qu'on cherche à inquiéter, passons en revue la situation respective des grandes puissances entre lesquelles la guerre devrait avoir lieu.

L'Allemagne doit être mise au premier rang, M. de Bismarck ayant été accusé, avec raison, d'avoir souvent voulu la provoquer. A cette époque, Guillaume Ier, très vieux et satisfait de ses triomphes inespérés, ne désirait pas de nouveau tenter la fortune. C'est à lui qu'on a dû la paix. Il a refusé de se prêter aux entreprises du prince de Bismarck. Aujourd'hui l'ancien chancelier, lui-même, chercherait à éviter la guerre. Il était alors inquiet du rapide relèvement de la France. Cela a tellement changé depuis! Loin de continuer à se relever, notre pays descend une pente rapide.

L'Allemagne, par l'augmentation régulière de sa population, aura, dans quinze ou vingt ans, des armées qui seront le double des nôtres. Son commerce et son industrie progressent avec une activité étonnante, et nous restons stationnaires. L'Allemagne a un gouvernement fort, avec un souverain puissant pour diriger et commander toutes ses forces organisées. Nous avons un gouvernement instable, sans autorité, avec une organisation poli-

tique basée exclusivement sur le régime parlementaire compliqué du suffrage universel; c'est la
combinaison la plus délétère qui se puisse conce-
voir. Dans cette situation, dont j'abrège les détails
parce qu'ils ne peuvent malheureusement être
contestés par personne, pourquoi l'empereur allemand chercherait-il à provoquer une guerre contre
nous ?

Malgré son ardeur juvénile, il lui est facile de
voir que chaque jour qui s'écoule est à l'avantage
de son pays contre le nôtre. Il n'a qu'à continuer
à se maintenir dans sa force et à attendre. Il cherche
à se rapprocher de la Russie, et un sentiment de
rivalité qui s'accentue le pousse, depuis quelque
temps, contre l'Angleterre Quant à la question
d'Orient elle-même, on connaît l'opinion qu'en
avait le prince de Bismarck, au point de vue de
l'Allemagne. Elle ne vaut pas, disait-il, les os d'un
grenadier poméranien. Toutefois, imitant les pro-
cédés de l'ancien chancelier, Guillaume II s'en
sert pour faire naître des difficultés entre les puissances.

La Russie, éclairée par la sagesse du dernier
empereur défunt, peut regarder avec orgueil les
bienfaits merveilleux que lui a donnés la paix. Elle
domine en Orient et en Extrême-Orient. Elle s'est

assuré un facile passage à travers la Chine pour
établir ses communications avec l'océan Pacifique.
Ses richesses, que nous avons contribué à déve-
lopper, augmentent rapidement. Elle est occupée
à retirer son papier-monnaie, créé, pour la plus
grande partie, à la suite de la guerre russo-turque
de 1877 dont elle a compris, depuis, la coûteuse
inutilité. Elle a besoin de la paix pour exécuter
cette opération colossale qui nécessite environ
huit cents millions de roubles en or. Ils sont dans
les caisses de l'État et proviennent, pour une part
importante, du résultat des opérations financières
effectuées en France. En jetant un regard sur une
carte du monde, on est aisément convaincu que
cet immense empire a le plus grand intérêt à conserver la paix, pour pouvoir tirer parti des res-
sources de toute nature qu'il renferme et qui
sont sans limites. Pourquoi ferait-il la guerre?

Personne n'ignore que l'Angleterre est la nation
à laquelle la paix est d'une nécessité presque absolue. Ne vivant que de son commerce et de son
industrie, ne pouvant se suffire matériellement à
elle-même, c'est la vie qui se trouverait pour elle
menacée si ses moyens de transport étaient para-
lysés. Elle s'est assuré ses communications vers
les Indes par l'occupation de l'Égypte. Depuis

lors, ses intérêts dans la question d'Orient ont été entièrement modifiés. Ce qui le prouve, ce sont les changements successifs dans la politique de lord Salisbury. Quand on le questionne à ce sujet, il renvoie ses interlocuteurs à M. Méline et à M. Hanotaux, qu'il semble considérer comme les auteurs responsables de la direction donnée aux affaires extérieures actuelles. Il se réserve probablement de dire plus tard à ces deux ministres français : « Vous n'avez pas tenu compte de mes idées et de mes propositions; j'ai accepté et soutenu chaleureusement les vôtres, les croyant conformes aux intérêts de votre pays : laissez-moi, en revanche, faire en Égypte et au Soudan ce que désire l'Angleterre. »

En somme, la conduite de notre gouvernement, dans les circonstances actuelles, enterre définitivement la question d'Égypte au profit de cette puissance qui, satisfaite, ne pense pas à faire la guerre à propos de l'intégrité de l'empire ottoman. Le Sud africain la préoccupe beaucoup plus. Elle a un intérêt évident à se rapprocher de la France pour contre-balancer le rapide développement de l'Allemagne.

Le gouvernement italien, au temps où M. Crispi dominait à Rome et le prince de Bismarck à Berlin,

a cherché plusieurs fois à brouiller les cartes en
Europe et surtout vis-à-vis de la France. Mais
cette époque semble déjà préhistorique.

L'empereur Guillaume II, en rendant à notre
pays le service signalé de renvoyer le prince de
Bismarck à un repos bien mérité, mais très désa-
gréable pour lui, a mis fin à toutes ces tendances
dangereuses. Les affaires étrangères d'Italie sont
aujourd'hui conduites par un homme sage et de
grande expérience, M. Visconti-Venosta. Il évi-
tera à son pays les aventures que recherchait
M. Crispi. M. Visconti-Venosta a été un des auteurs intelligents de la fin de la guerre avec Méné-
lick; il comprend combien la paix est nécessaire
à l'Italie pour la consolidation de ses intérêts. Le
rapprochement avec la France rentre dans ses
combinaisons, comme il vient de le prouver par
le traité concernant la Tunisie.

On connaît les sentiments pacifiques de la poli=
tique autrichienne, par suite de la nature de cet
empire composé de pièces et de morceaux.

La France, il est aisé de le constater, ne veut
pas la guerre. Elle a raison. Avec le gouvernement qui est, en ce moment, le maître de ses destinées, la conduite intelligente des opérations militaires serait impossible. Si cependant elle éclatait,

on peut prévoir qu'un changement de système aurait lieu promptement, par la force même des événements. Une autorité prépondérante et unique s'imposerait à la direction du pays. Ainsi gouvernée, la France aurait peut-être intérêt à ne pas attendre l'époque où la diminution de ses forces militaires deviendra mathématique, comme nous venons de le voir en parlant de l'Allemagne. Mais la crainte d'un chef devenant le maître inévitable par suite d'une guerre cause de telles inquiétudes à nos pouvoirs publics, qu'ils feront tout leur possible pour échapper à cette solution. Par conséquent, à quelque point de vue qu'on se place, la paix est assurée du côté de la France.

L'épouvantail de la guerre générale provoquée par la question d'Orient n'est pas sérieux. Il se produira des hostilités locales, qui n'auront pas une influence grave sur la tranquillité des autres contrées de l'Europe. Si, cependant, la guerre se généralisait, on le devrait à l'imprudence de ceux qui ont suivi l'Allemagne, sans voir où elle les menait.

*
* *

Parmi les circonstances singulières de cette question d'Orient, il n'est rien de plus étonnant que la persistance avec laquelle le gouvernement français s'attache à la formule de l'intégrité de l'empire ottoman. Il semble qu'on attribue à cette expression la vertu toute-puissante de résoudre les difficultés. Quand l'ambassadeur de France à Constantinople écrit au ministre des affaires étrangères : « L'Orient est à feu et à sang ; il n'est que temps d'agir avec la dernière énergie pour prévenir les plus grands malheurs », le ministre lui répond avec sérénité : « Soyez en paix ; je négocie avec les puissances pour leur faire reconnaître le grand principe de l'intégrité de l'empire ottoman. » Lorsque la Chambre des députés demande compte au gouvernement de la manière dont il conduit la politique en Orient, le même ministre répond imperturbablement : « La Crète ne rentrera jamais sous l'autorité du Sultan, mais nous sauvegarderons l'intégrité de l'empire ottoman. »

Jusqu'à présent, un des principes élémentaires de la diplomatie était que l'on ne doit jamais contracter des engagements sans une nécessité absolue. Nos diplomates ont changé tout cela. Rien n'obligeait M. Hanotaux à prendre un engagement d'une nature aussi incertaine.

Toutes les crises qui se sont produites en Orient depuis le commencement de ce siècle se sont terminées par un démembrement partiel de l'empire ottoman. C'est vouloir se créer à plaisir des difficultés et se condamner à de misérables équivoques que de s'interdire d'avance des solutions qui s'imposent.

Quelle est aujourd'hui la situation? L'Europe n'ayant pas su faire sentir sa volonté à la Turquie, les grandes puissances ont été obligées de recourir en Crète à une intervention qui aurait suffi à rétablir l'ordre dans tout l'empire ottoman, si elle s'était produite en temps utile à Constantinople.

Les Grecs, appelés par des populations de même race et de même religion qu'eux, ont débarqué des troupes dans l'île. On est obligé de reconnaître que ce serait une monstruosité que de laisser les Turcs y reprendre leur autorité. La solution la plus simple serait de déférer aux vœux des populations en laissant la Crète s'unir à la Grèce. On s'y oppose au nom du principe de l'intégrité de l'empire ottoman. Mais ce grand principe a été singulièrement violé depuis vingt-cinq ans, sans remonter plus haut. Ce sont des populations ayant la même origine et la même religion qui demandent leur union. De quel droit la France s'oppose-t-elle à l'accomplissement d'un vœu aussi légitime?

On objecte que ce serait déchaîner la question macédonienne. Mais est-on sûr que cette question ne surgira pas violemment, par suite de l'erreur qu'on commet? Ce n'est un secret pour personne que la Turquie organise de nouveaux massacres en Macédoine et qu'elle en donnera incessamment le signal. Si la Grèce ne reçoit pas en Crète la satisfaction qu'elle désire, elle la cherchera du côté de la Macédoine, et le conflit qu'on redoute éclatera fatalement. Il eût été plus facile d'obtenir que la Grèce se tînt tranquille de ce côté en lui concédant la Crète. La Serbie et la Bulgarie auraient pu être contenues, et, pour maintenir la paix dans la péninsule des Balkans, il eût suffi de contraindre les Turcs à ne pas provoquer de nouveaux troubles.

L'autonomie de la Crète n'est qu'un expédient éphémère. Le premier usage que les Crétois feront de leur liberté sera de se réunir à la Grèce. Comment les en empêchera-t-on? Par la force? Il est déjà assez étrange de voir les canons de l'Europe, qui devraient être tournés contre les Turcs qui massacrent, bombarder les chrétiens massacrés.

Faire de la Crète un État minuscule et indépendant serait l'exposer aux plus dangereuses convoitises. L'Angleterre pourrait s'y créer un établissement et fortifier encore sa position dans la Méditerranée. Sous le premier prétexte venu, elle s'installerait dans une rade à sa convenance et joindrait une nouvelle station à celles qu'elle possède déjà : Gibraltar, Malte, Chypre. Ce n'est pas là ce que veut le concert européen et ce qui convient à la France, et cela sera, cependant, si on persiste à imposer à la Crète la solution bâtarde de l'autonomie.

Sans doute les Grecs ont agi par trop cavalièrement avec leurs créanciers européens, et ils se sont trop pressés d'envoyer leurs troupes en Crète ; mais, dans une question de l'importance de celle qui se pose, il ne faut se laisser influencer ni par les sentiments, ni par les ressentiments. Ce n'est pas uniquement pour être agréable aux Grecs qu'il vaut mieux leur donner la Crète ; c'est parce que cette solution est la plus naturelle et qu'elle convient aux intérêts de l'Europe et aux traditions de la France. Il faut se rappeler aussi l'inexécution de l'article du traité de Berlin relatif aux frontières du nord de la Grèce.

Nous avons vu le cas qu'on doit faire de l'objec-
tion tirée de la nécessité de respecter l'intégrité
de l'empire ottoman. Une inviolabilité si souvent
violée n'existe plus, et le gouvernement turc s'en
tirerait à bon compte si, après tous les crimes dont
il vient de se souiller, il ne perdait que l'une de
ses possessions insulaires. En attendant, on con-
tinue à se battre et à se massacrer dans toute
l'île, malgré l'intervention du concert européen.

Pourquoi donc la solution la plus simple et la
plus équitable n'est-elle pas celle qui paraît devoir
être adoptée ? Il est trop facile de le deviner. Le
discours prononcé en février 1888 par M. Hanotaux à la Chambre des députés, dont il était mem-
bre, à l'occasion d'une proposition relative à une
augmentation de crédit pour les écoles et missions
d'Orient, le langage tenu, l'an passé, par le ministre des affaires étrangères à un ministre pléni-
potentiaire de Grèce de passage à Paris, certains
écrits publiés par M. Hanotaux dans la *Revue de
Paris*, entre ses deux ministères, et quelques
autres indications, font encore mieux comprendre
que le *Livre jaune* les pensées qui dominent au
quai d'Orsay. Toutes les bienveillances de notre
ministre sont pour le Sultan et les Turcs, c'est-à-
dire pour les musulmans, et non pour les chrétiens.

Dès lors, on peut se rendre un compte exact de la politique qu'il a suivie. Ce n'est pas celle qui convenait à la France. Son influence en Orient a toujours eu pour base la protection des chrétiens, qu'elle n'avait jamais abandonnés jusqu'ici.

*
* *

Il nous reste à dire quelques mots d'une expression que nous trouvons assez originale. Nous voulons parler du blocus pacifique. Quand on prétend empêcher, par terre et par mer, les communications d'un pays avec le reste du monde, ce n'est pas sur la persuasion que l'on compte, mais bien sur l'emploi de la force. S'il en était autrement, les puissances n'enverraient pas dans les eaux grecques leurs meilleurs cuirassés. Sans doute, les commandants de ces vaisseaux agiront d'abord avec prudence pour empêcher les navires grecs ou neutres de forcer le blocus. Mais, si l'un de ces navires s'obstine à passer, malgré les avertissements qu'on lui aura donnés, on lui enverra quelques obus pour le ramener à de meilleurs sentiments, et, s'il ne se rend pas à ces sommations, on le coulera.

Qualifier ces actes de pacifiques, c'est faire vio-

2.

lence au bon sens aussi bien qu'à la langue fran-
çaise. Sans doute, nos diplomates se persuadent
que leurs vaisseaux n'auront pas à tirer le canon,
que la Grèce subira avec une résignation parfaite
ce blocus, et que, parmi les marins grecs, il ne s'en
trouvera pas un seul pour désobéir à leurs injonc-
tions. Souhaitons-le. Mais ils prennent trop souvent leurs désirs pour la réalité. C'est ainsi qu'ils
ont amené l'inextricable situation dans laquelle
ils se débattent. Ils ont prétendu résoudre la question d'Orient avec des formules auxquelles ils at-
tribuaient un pouvoir magique. Ils s'imaginent
aujourd'hui avoir raison de la Grèce avec des
mots. Dieu veuille que cette nouvelle illusion ne
reçoive pas un sanglant démenti !

En s'unissant pour faire la guerre à la Grèce et
protéger le Sultan, que les ambassadeurs accrédi-
tés auprès de lui ont eux-mêmes si sévèrement
qualifié, les six grandes puissances manquent à
leur dignité et perdent leur autorité. Les mots et
les formules n'y changeront rien. L'opinion, dans
le monde entier, ne s'y trompera pas.

Et, sous le vain prétexte de rester dans le concert européen, notre gouvernement, en adoptant
une politique nouvelle, nous a fait perdre les sym-
pathies de petits États et de populations dont le

concours était utile pour conserver dans la Méditerranée et dans tout l'Orient notre prestige et notre influence très menacés.

Nous avons déjà montré que le gouvernement français aurait dû admettre la coercition contre le Sultan pour être certain de pouvoir faire aboutir les réformes reconnues nécessaires dans l'empire ottoman. Nous avons dit que lord Salisbury a fait cette proposition à toutes les grandes puissances le 20 octobre 1896. Immédiatement, les gouvernements d'Autriche-Hongrie et d'Italie ont répondu par une acceptation. Il y a eu hésitation de la part du Tsar. D'abord, il a été contraire à la coercition, et puis il s'est montré mieux disposé. La mort subite du prince Lobanoff, survenue en apprenant les événements sanglants de Constantinople, avait créé des incertitudes dans les tendances de la politique de la Russie. On pouvait espérer obtenir, en insistant, le consentement de l'Empereur à la proposition anglaise.

Qu'a fait le gouvernement français ? Il est resté deux mois sans répondre, et, pendant ce délai, il a brusquement introduit dans les négociations, en le proclamant, le 3 novembre, devant le Parlement et en le soutenant auprès des puissances, le système dont nous avons déjà parlé, formulé en ces

termes : « Intégrité de l'empire ottoman, pas de
condominium, pas d'action isolée »; c'est-à-dire
qu'il a mis le Sultan à l'abri de tout danger et de
toute inquiétude, et qu'il a pris personnellement
la responsabilité de la politique qui a été suivie.

On reste surpris de cet étrange procédé diplo-
matique.

La proposition du marquis de Salisbury, si elle
avait été acceptée, aurait eu pour résultat d'agir
efficacement sur le Sultan et d'arrêter les difficultés dans lesquelles on se débat. Il fallait s'y
rallier et l'appuyer à Saint-Pétersbourg, en mon-
trant qu'elle pouvait seule sauvegarder et rendre
viable l'intégrité de l'empire ottoman, ou bien il
fallait se maintenir dans une grande réserve pour
pouvoir aboutir à rester dans une abstention bien-
veillante à l'égard de la Grèce, ce qui nous aurait
permis de prendre, à un moment donné, le rôle
de médiateurs. Nous aurions ainsi fait beaucoup
plus pour assurer la paix qu'en devenant les pro-
moteurs du système qui a prévalu.

Malgré cela, le gouvernement a obtenu dans les
deux Chambres un vote de confiance sans ré-
serves. Il peut faire en Orient ce qu'il veut, et le
Sultan aussi, ce qui est un grand danger pour les
chrétiens. Le ministère n'a pas mis les représen-

tants du pays au courant de sa politique d'une façon précise, et il a effrayé par les mots d'isolement et de guerre. Nous avons dit ce qu'ils valent.

Le résultat de cette discussion ne servira pas notre régime parlementaire, qui est déjà, et avec raison, très discrédité. Pour s'en convaincre, on n'a qu'à lire les récents discours de MM. Deschanel et Poincaré, deux parlementaires cependant et tous les deux vice-présidents de la Chambre des députés.

Mais si les Chambres ont approuvé le ministère, une grande partie de la nation n'est pas du même avis, et quand elle verra, peu à peu, plus clairement l'exacte vérité que le gouvernement a obscurcie à plaisir, l'opinion publique sera peut-être plus difficile à convaincre que le Parlement. Elle s'apercevra que le régime actuel conduit la France à une décadence irrémédiable.

L'excès d'un parlementarisme sans contrepoids, qui met les destinées de la patrie dans les mains d'hommes manquant d'expérience (on l'a bien vu dans la question de Madagascar), frappera les yeux de tous. Le socialisme menaçant, d'un côté, le patriotisme froissé et renaissant, de l'autre, amèneront des changements ayant pour résultat, il faut l'espérer, de donner au pays

un gouvernement qui sera plus apte à conduire
ses affaires.

Paris, le 10 avril 1896.

P. S. — La guerre étant déclarée par la Turquie
à la Grèce, on assiste à ce spectacle étrange des
six puissances aidant, par une intervention armée,
le Sultan à conserver la Crète et l débarrassant
de la difficulté qu'il aurait eue pour y envoyer des
troupes. N'est-ce pas une violation flagrante de la
neutralité? Que vont-elles faire? Elles se trouvent
forcément en guerre avec la Grèce, puisque les
soldats de cette puissance sont désormais des belli-
gérants réguliers dans l'île. La France en guerre
avec la Grèce, voilà où nous a conduits la politique suivie par nos hommes d'État! Que va dire
le Parlement?

PARIS

TYPOGRAPHIE DE E. PLON, NOURRIT ET Cie

Rue Garancière, 8

118